藺草慶子句集

令和俳句叢書

雪日

SETSUJITSU

IGUSA KEIKO

ふらんす堂

目次

Ⅰ　雪解谷……5
Ⅱ　獺名残……31
Ⅲ　大地のほてり……53
Ⅳ　片　雲……81
Ⅴ　雪の声……111
Ⅵ　残　香……141
Ⅶ　光　陰……167
あとがき……190
初句索引……193
季題索引……197

句集　雪日

Ⅰ　雪解谷

四十八句

狐火の映りし鏡持ち歩く

雪明りしてみほとけの素手素足

花粉なほこぼるる菊を焚きにけり
祈りけりわが白息につつまれて

葛晒はじめの桶を抱へきし

大宇陀の風荒びけり葛晒

吉野浄見原神社歳旦祭　六句

國栖《くず》奏《そう》やひかげのかづらあをあをと

國栖奏の鈴の音響く雪解谷

舞の座の一人は若し雪解谷

翁舞果てたる山を春時雨

國栖奏やとろりと注がれ一夜酒

神饌の蛙が逃げて春祭

うぐひすや草の中より水湧いて
すれちがふ巫女に鈴音花きぶし

鳴るとなく瓔珞揺れて古ひひな
三百年ひひな箪笥に秘めし恋

あたたかや縁の下より梯子出し

楼門に雨来たりけり牡丹の芽

源流へ源流へ草青みたり

奥宮に落ちひろがりし白椿

鳥籠の中の明るき彼岸かな

永き日のあはうみに櫓を入れにけり

神馬舎に風抜けてゆく茶摘みどき

小満や水底に稚魚ひかりあひ

沢蟹にいちまいの葉の流れ来る

梅雨深し一つ色して亀と鯉

雨脚の太きがしぶく茅の輪かな

はるかよりはるかへ風や夏祓

形代を撒きたる舟に波しづか

ほうたるの水に落ちたる光かな

みほとけの一灯に山滴りぬ

掛香や水音近く通さるる

旅に死せる古人こころに髪洗ふ

宿坊の小さき鏡台夜の秋

手にうけて定家葛の花しづく

蟬の殼拾へば指に風の音

解夏の雨早瀬に立てば波白く
みな一人かうかうと月さしわたる

霧下りてくる叡山のけものみち

開け放つ根本中堂野分晴

泥つけて後の彼岸の蛙かな

旅の荷をさらに小さく雪時雨

冬の雷とどろく阿弥陀如来かな

ゆらぎては尖る種火や堂の冬

吉野川鷹現れて影迅し
猟犬のざぶざぶ川を渡り来る

刃先より受け取る熊の肝一片

谷に吊る鹿の頭や寒施行

Ⅱ　猟名残

三十八句

除雪車を降りて来たりし御慶かな

新雪のずずと沈みてとまりたる

笹峠山伏峠雪しまく

雪五尺こけし挽く灯をともしけり

えぐ来たな何もねえども雪ばしだ

雪ばしだ＝雪でも見てくれ

木挽小屋狐が覗く雪月夜

わらわらと鬼ぜんまいの芽吹きかな

山三つ分の楤の芽並べ売る

山上の雲の厚さや田水張る

廃坑に余花一と枝の濃かりけり

木地師来て月《がっ》山《さん》筍《だけ》の泥落とす

羽の国のざんざん降りや田植寒

草を擦り蛇の全長なほ尽きず

抜きすすむ泥の重さや田草取

夏座敷遺影のいつもこちら向く

巣を揺する腹太々と女郎蜘蛛

夜の網戸二つ光るはけものの眼

蒼《そう》朮《じゅつ》のけむり洩れくる縁に座し

倒木に尽きたる径や山椒魚

青立ちの稲穂に山雨しぶきけり

凶年の雨の中なる鳥居かな

山頂に鎌置いてあり秋つばめ

星流れけり羚羊の立つ岩場

空へ空へ風が散らす葉火恋し

あけぼのの川けぶり立つ霧氷かな

祠まで雪掻いてありまたぎ村

大鷹の爪の押さへしものの動く

勢子の声風にのりくる国境

勢子＝狩猟で獲物を追い込む役

熊捕りし夜は熊荒れの山が鳴る

熊荒れ＝天候が荒れること

猟終へて禁制の酒ぶら下げ来

廻し呑むコップの生き血熊腑分

熊汁の骨をごろりと吐き出しぬ

凍星や牛小屋に満ち牛の息

雪解靄立つ山神に詣でけり

閉山の三戸の村や雪解靄

裏山の小屋ひと呑みに底雪崩

水底のかくも明るく冴返る

ぞつくりと山膚見えて猟名残

Ⅲ　大地のほてり

五十二句

引き汐に貝のひかりや寒の入

一湾に立つ白波や寒稽古

旅立たむ枯野の吾と逢ふために
葉の形して葉を落つる氷かな

氷瀑のくらりと蒼き日を返す

風邪ひくなよと病む父にいたはられ

寒暁や荒行堂に水の音

中山法華経寺大荒行成満会　三句

荒行の声の嗄れざま寒明くる

春暁や満行の鉦山に満ち

六根清浄満行開扉春の霜

岬まで道一筋や麦青む

大鎌を土に突き立て野焼守

スプーンに灯の映りたる余寒かな

凹みたる基督の顔さらに踏む

おもて裏おもて横ざま落椿

風光る土偶の乳房蕾めき

ここ十年スカートはかず春一番

つぎつぎに並びて迅し柳鮠

桃咲いてあつといふ間にお婆さん

教室の机の光るさくらかな

集ひ来るみな花びらを靴につけ

急流を浮き上がりたる花筏

筍のすとんと乗りし鍬の上

巣が近うして蜜蜂の入り乱れ

夏草の手を切るやうな青さかな

弟はいつも弟さくらんぼ

まだ粒のふれあはずして青葡萄

連山も峡も暮れゆく袋掛

空蟬のほとりに水の湧いてをり

どこにでも行けるさびしさ白日傘

ひろびろと河口のひかり夏蓬

船虫や乱反射して波が来る

呼ばれたるそこが入口海の家

晩年を遊べ遊べと雲の峰

寝ころべば草の匂ひや星涼し

手をかけてのぼる巌や風露草

わが影をしづめて花野ひろがりぬ

霊峰や木の根づたひに菌生え

早稲の香や大地のほてりさめやらず

積み上げて土の匂へる落花生

一と雨の通りし稲架の匂ひかな

田仕舞や味噌たつぷりの握り飯

夜学子に長き廊下のよく響き

手を洗ふべつたら市の馬穴かな

大輪にして白菊のゆるぎなく
白菊の花のほつれも玲瓏と

水渡り来し一蝶や冬隣

汐満ちて来る初鴨のひろがりに

たつぷりと畳に日ざし亥の子餅

馬柵に手を置けば馬来る小春かな

先頭は光にまぎれ鴨の陣

春隣小舟の揺れに身をまかせ

Ⅳ　片雲

五十六句

書き入れて月日にぎやか初暦

花びらのかくまで開き福寿草

餅の黴束子で落とす寒九かな

鎌倉の海に日のあり梅探る

別亭の板戸十枚梅早し

懸り凧きらりきらりと尾の吹かれ

水漬きたる舟の中まで薄氷

菜の花や日暮れは母の匂ひして

雛の日の干潟に太き潮の道

下萌に影落とし聞く弔辞かな

今生のわが指をもて雛納

風光る馬場に大きな水たまり

斎藤夏風先生入院

芽起こしの雨てのひらに師よ癒えよ

卒業の近づく日直日誌かな

江東区芭蕉記念館

啓蟄の蔓ゆつくりと脚伸ばす

すくひたる指にはりつく蝌蚪一つ

足生えてきて夕日さす蝌蚪の国

蛙合戦見むと一歩を踏み外す

あたたかや土管の上を子が歩き

菊根分しばらく風に目を細め

片雲の遠く光りて夏きざす

麦秋や人なき方へ川流れ

巫女の立つ廻廊つばな流しかな

ぎいぎいと竹鳴つてゐる五月闇

涼しさや欄間に雲と仙人と

旅人は後ろ姿や立版古

篠崎浅間神社幟祭　四句

祭半纏しかと引綱腰に巻き

神樹より高く幟を立てにけり

大空を軋ませ幟立ち上がる

ぬかるみを踏み荒らしたる祭かな

抱卵の青鷺すつと身を沈め

金魚田と云ふはさざめきやまぬ水

出目金の眼が出目金を押し分けて
屑金魚集まりやすく散りやすく

砂を這ふ蔓の浮きたる浜施餓鬼

流灯のぐんぐん沖に引かれ出す

消えたるも連れ立ちてゆく流灯会

流灯の一気に闇に呑まれけり

手をこぼれ土に弾みて零余子かな

からたちの実のまろまろと棘の中

この町に橋の記憶や震災忌

晩年の仕事大切草の花

悼　斎藤夏風先生

前の日に笑つて別れ桐一葉

今生の師とも父とも月仰ぐ

水の辺に吹かれて後の彼岸かな

ここもまた師の立ちし場所秋惜しむ

橋脚にゆらめく影や神の旅

ひらきたる詩集に花粉冬館

相席の人に雨の香十二月

母の杖父の吸ひ飲み冬夕焼

ゆきずりの書店明るし日記買ふ

一陽来復大釜に飯炊き上がる

あをあをとやどり木高き冬至かな

先代もここに坐りし暦売

葉のかたち白くふちどり霜の花

挽歌みな生者のために海へ雪

V

雪の声

五十六句

一椀の手に澄みわたるお正月

三が日あたたかに暮れ父と母

食細くなる父ふゆのはなわらび

筆談の一語一語や冬深し

揃へたる靴に日当たる笹子かな

閉まらざる木戸そのままに春隣

いちにちを雨ふる木の芽明りかな

水草生ふ父の記憶の中の吾

さくらんぼ母が笑へば父笑ひ

家の中見ゆる暮らしや吊忍

手花火の煙の中をとほりけり
奥の奥までくさむらに露光り

ちさき露鏤めて葉の反りにけり

ちちははの寝息聞きゐる良夜かな

老いて母傾き歩く秋の草

ひとつづつ詰めて香るや菊枕

長き夜の認知症とは白き闇

身に入むや手を引く人も年老いて

父の爪切ればほろほろ今朝の冬

娘の名忘れし父と日向ぼこ

病む父の脚をさすれば雪の声

雪の夜の尿瓶にいのち響きけり

手の中の尿瓶のぬくみ雪の夜

願ふこと少なくなりし蒲団かな

老父母のことばかりなる日記果つ

見つめたる火に照らされて除夜詣

梅ひらく一日一日を父と母

芽起こしの雨校門に母と子と

雛飾る手元に日暮れ来てをりぬ

さまよへる父と帰らむ雛の家

父と居る時間みじかし花は葉に

階段の裏しづかなり揚羽過ぎ

言葉忘れ飲食忘れ父涼し

父、一滴の水も飲めなくなれば

腹巻に名を縫ひつけて入院す

抱き起こす父は夏掛ほどの嵩

帰宅

短夜のいつしか朝に看取りの灯

逝く父のわが手離さず朝の蟬

朝涼やわがためにに開く最期の眼

なきがらの目尻の涙明易し

星涼し二夕夜を死者に添寝して

もう開かぬ柩の蓋や日の盛

この世の父消えてあまねき夏の空

抱き帰る遺影色なき風の中
ことごとく百合開きたる喪明けかな

八月や祈りの色にゴッホの黄

忽と出てわつと広がり曼珠沙華

秋日傘骨の音してひらきけり
はらわたに染み入る月の光かな

吾亦紅一人娘として老いて
ひらく手の中なにもなき小春かな

白山茶花あふれ咲きあふれ散り

会へばまた励まされ冬あたたかし

しなだるるままに色あり霜の菊

冬青空父を思へば声となり

亡き父に少し開けおく白障子

ゆらゆらと種火に芯や年守る

Ⅵ 残香

四十八句

九十の母のま向かふ初硯

父逝きて吾に母ある今年かな

小正月縁の下まで日のさして
鎌倉に尼寺ふたつ冬の梅

手離すと決めたる雛を飾りけり

さつきまで父居たはずの春炬燵

黒田杏子先生の急逝を悼む

かく急ぎたまひし今年の花も見ず

漣の押しひろげゆく落花かな

春愁の手を洗ひまた手を洗ふ

夜のぶらんこ揺らして帰るだけのこと

拾ひたるはくれん古書のにほひして
空に向く蛇口が一つ囀れる

甘茶仏ちひさき臍の濡れやまず

土曜日の娘が家に桜餅

花びらのうねりゆたかに白菖蒲

母によぢのぼり鳰の子鳴きやみぬ

苔に手を置けばしづみて露涼し

草蜉蝣苔の雫に生まれけり

草を刈る昨日刈りたるところより
箱庭の灯の一つなく暮れにけり

音こぼしつつ風鈴の向きかはる

糊つよきシャツに手とほす夏至の朝

水割つて睡蓮の花開きけり

青鳩が来る雲の中波の上

青鳩の飛びかふ岩を波が呑む

晩夏光流木のまだ濡れてゐる

高野・熊野　六句

一切経蔵累々と蟬の穴

みくまのに入る秋冷の瑠璃とかげ

威し銃金剛山を雲埋め

鳥影を鳥影が追ひ葛あらし

女人堂野分の水をつかひけり

街道や布かけてある鶉籠

秋水のひかりの届く画室かな

手をついて縁側熱し獺祭忌

母は

大病のあとの長生き草の花

足もとに波来る釣瓶落しかな

母あればこそのふるさと十三夜

みづぎはのなほあかるくて残る虫

片脚の馬追にして枯れはじむ

海見えて誰か来さうな枯木道

裏返す海鼠に小さき目と口と

艫綱に潮の匂ひや冬日向

亡き父の隣に座り日向ぼこ

数へ日の街の鸚鵡に呼ばれけり

ほぐれつつ雲流れゆく年の内

歳晩やどれも日当たる河原石

消ゆるとき香となる炎冬の月

大年のただ波音を聴いてをり

Ⅶ　光陰

四十句

火より抜く棒に焰や去年今年

初空の明けゆく茜尽しけり

枯れ切つて一山に日のゆきわたり

無位無冠枯山に実のあかあかと

明日は切る冬木大きく枝を張り

目つむりて坐ればこんなにも冬日

枯薊触るればほろと棘こぼれ

枯蔓や巻きつきしもの既に無く

枯蓮に空ばかりなる明るさよ

これよりは枯れ放題といふ快楽

僅かなる水に夕日や蓮の骨

吹雪く日を鳶鳴きとべる賤ヶ岳

若狭水送り神事　三句

火柱の浄むる闇や送水会

瀬の岩に火の逆巻ける水送り

火に浄め若狭の水を送りけり

鑑真も歩きし道か水草生ふ

修二会　十句

香水を撒く内陣の朧かな

お松明けものの如く走り出す

三界の闇に炎やお水取

一切を火に照らされてお水取

大いなる火影となりぬ修二会僧

修二会僧闇踏み破り走りけり

南無観南無観南無観南無観春の闇

声明の闇満たしゆく修二会かな

一切の火が闇となり修二会果つ

修二会見しわが身に消えぬ火の匂ひ

あしかびをふるはせて雨来たりけり

飛石に日の当たりたる彼岸かな

辛夷の芽水辺に鳥の声満ちて
大風にふつと乗りたし草青む

さらさらと瓶より出して針納

さざなみのごとくまとひて春ショール

青き踏む川に沿ひまた雲に沿ひ

ゆふぐれは水のさざめく花ごろも

あめつちの翳りてしだれざくらかな

四百年枝垂れてけふの花盛り

花人の水に映りてとどまらず

花吹雪吹き戻されてきたりけり

光陰のなだれ落ちたるさくらかな

飛花落花地に落ちてなほしづまらず

句集　雪日　畢

あとがき

『雪日』は私の第五句集である。主に平成二十七年から令和六年までの三三八句を収める。

二〇二〇年三月、十年にわたる父の自宅介護が終末期を迎えるにあたり教職を辞した。と同時に、コロナ禍が始まった。かつてないほどの時間を自宅で過ごす中で、高齢の両親との時間はかけがえのないものとなった。この年にしてようやく自らの依って立つ足もとを確かめることができた気がする。

本句集では、Ⅱ章に岩手県沢内での作品をまとめた。この章の句の制作年は前句集の作品を作った時期とも重なる。豪雪地帯である岩手県西和賀町沢内を初めて訪れたのは二十代の夏、碧祥寺に残されたこの地の民俗学的な資料に触れ、その風土に激しく心を揺さぶられた。その後、斎藤夏風先生が紹介してくださったのが現地の俳人小林輝子さんだった。輝子さんのご主人は木地師。こけし工房の斜向かいには湯田またぎの頭領《しかり》が住んでいた。失われようとしている風土の姿を、少しでも書き残せれば嬉しい。

今年は東大寺のお水取の前に、初めて若狭の水送り神事にも参加した。火と水と闇のせめぎあいに圧倒されながらもその底に流れる大いなる祈りの心を感じた。私も大自然の循環の中に生きる全てのものへの祈りの心をもって作句していきたい。

俳句に導かれ、ここまで続けてこられたことをありがたく思う。今までお世話になった方々、なかでも染谷秀雄主宰、そして母に心からの感謝を捧げたい。

令和六年七月十七日　父の三回忌に

蘭草慶子

著者略歴

藺草慶子（いぐさ・けいこ）

昭和三十四年、東京都生まれ。大学時代、俳句研究会白塔会において山口青邨に師事。黒田杏子指導「木の椅子句会」、古舘曹人指導「ビギンザテン」、八田木枯指導「晩紅塾」に学ぶ。「夏草」「屋根」「藍生」を経て、現在「秀」「星の木」所属。

俳人協会幹事、日本文藝家協会会員。句集に『鶴の邑』『野の琴』（第二十回俳人協会新人賞）『遠き木』『櫻翳』（第四回星野立子賞）がある。

●初句索引

あ行

相席の　一〇七
会へばまた　一三八
あをあをと　一〇九
青き踏む　一八五
青立ちの　四二
青鳩が　一五四
青鳩の　一五五
秋日傘　一三六
開け放つ　二六
あけぼのの　四五
朝涼や　一三一
あしかびを　一八二
足生えて　九一
足もとに　一六〇
明日は切る　一七一
あたたかや
—縁の下より　一五
—土管の上を　九二
雨脚の　二〇
甘茶仏　一四九
あめつちの　一八六
荒行の　五八
家の中　一一七
いちにちを　一一六
一陽来復　一〇八
一湾に　五五
一椀の　一一三
一切経蔵　一五六
一切の　一八一
一切を　一七八
凍星や　四九
祈りけり　八
うぐひすや　一三
空蟬の　六九
羽の国の　三八
海見えて　一六二
梅ひらく　一二六
裏返す　一六三
裏山の　五〇
えぐ来たな　三五
老いて母　一二〇
大いなる　一七九
大宇陀の　九
大凧に　一八三
大鎌を　六〇
大空を　九七
大鷹の　四六
大年の　一六六
翁舞　一一
奥の奥まで　一一八
奥宮に　一六
お松明　一七七
弟は　六七
音こぼしつつ　一五三
威し銃　一五七
おもて裏　六二

か行

階段の　一二八
街道や　一五八
懸り凧　八五
書き入れて　八三
かく急ぎ　一四六
掛香や　二二
風光る
—土偶の乳房　六二
—馬場に大きな　八八
風邪ひくなよと　五七
数へ日の　一六四
片脚の　一六二
形代を　二一
花粉なほ　八
鎌倉に　一四四
鎌倉の　八四
からたちの　一〇二
枯薊　一七二

枯れ切つて　一七〇
枯蔓や　一七二
枯蓮に　一七三
蛙合戦　九一
寒暁や　五八
鑑真も　一七六
ぎいぎいと　九四
消えたるも　一〇一
菊根分　九二
木地師来て　三八
狐火の　七
九十の　一四三
急流を　六五
消ゆるとき　一六六
橋脚に　一〇六
教室の　六四
凶年の　四三
霧下りて　二六
金魚田と　九八
草蜉蝣　一五一
草を刈る　一五二
草を擦り　三九
屑金魚　九九
葛晒　九
國栖奏の　一〇
國栖奏や
—ひかげのかづら　一〇
—とろりと注がれ　一二
熊汁の　四八
熊捕りし　四七
啓蟄の　九〇
解夏の雨　二五
源流へ　一六
光陰の　一八八
香水を　一七七
苔に手を　一五一
ここ十年　六三
ここもまた　一〇五
小正月　一四四
忽と出て　一三五
ことごとく　一三四
言葉忘れ　一二九
この町に　一〇三
この世の父　一三三
木挽小屋　三五
辛夷の芽　一八三
これよりは　一七三
今生の
—わが指をもて　八八
—師とも父とも　一〇四

さ行

歳晩や　一六五
さくらんぼ　一一七
笹峠　三四
漣の　一四六
さざなみの　一八四
さつきまで　一四五
さまよへる　一二七
さらさらと　一八四
沢蟹に　一九
三界の　一七八
三が日　一一三
山上の　三七
山頂に　四三
三百年　一四
汐満ちて　七八
下萌に　八七
しなだるる　一三九
閉まらざる　一一五
秋水の　一五九
宿坊の　二三
修二会僧　一七九
修二会見し　一八一
春暁や　五九
春愁の　一四七
小満や　一八
声明の　一八〇
食細く　一一四
除雪車を　三三
白菊の　七七
白山茶花　一三八
神樹より　九六
新雪の　三三
神饌の　一二
神馬舎に　一八
巣が近うして　六六
すくひたる　九〇
涼しさや　九五
砂を這ふ　一〇〇
スプーンに　六一
すれちがふ　一三
巣を揺する　四〇
勢子の声　四六
瀬の岩に　一七五
蟬の殻　二四

先代も　一〇九
先頭は　八〇
蒼朮の　四一
卒業の　八九
ぞつくりと　五一
空に向く　一四八
空へ空へ　四四
揃へたる　一一五

た行

大病の　一六〇
大輪に　七七
抱き起こす　一三〇
抱き帰る　一三四
筍の　六六
田仕舞や　七五
たつぷりと　七九
谷に吊る　三〇
旅立たむ　五六
旅に死せる　一二三
旅の荷を　一二七
旅人は　九五
ちさき露　一一九
父と居る　一二八
父の爪　一二二
ちちははの　一一九
父逝きて　一四三
つぎつぎに　六三
集ひ来る　六五
積み上げて　七四
梅雨深し　一九
手にうけて　二四
手の中の　一二四
手離すと　一四五
手花火の　一一八
出目金の　九九
手を洗ふ　七六
手をかけて　七二
手をこぼれ　一〇二
手をついて　一五九
倒木に　四二
どこにでも　六九
飛石に　一八二
艫綱に　一六三
土曜日の　一四九
鳥影を　一五七
鳥籠の　一一七
泥つけて　二七

な行

永き日の　一七
長き夜の　一二一
なきがらの　一三一
亡き父に　一四〇
亡き父の　一六四
夏草の　六七
夏座敷　四〇
菜の花や　八六
南無観南無観　一八〇
鳴るとなく　一四
女人堂　一五八
ぬかるみを　九七
抜きすすむ　三九
願ふこと　一二四
寝ころべば　七二
糊つよき　一五三

は行

廃坑に　三七
麦秋や　九三
箱庭の　一五二
刃先より　三〇
八月や　一三五
初空の　一六九
花人の　一八七
花びらの
　—かくまで開き　八三
　—うねりゆたかに　一五〇
花吹雪　一八七
葉の形　五六
葉のかたち　一一〇
母あれば　一六一
母によぢのぼり　一五〇
母の杖　一〇七
腹巻に　一二九
はらわたに　一三六
はるかより　二〇
春隣　八〇
晩夏光　一五五
挽歌みな　一一〇
晩年の　一〇三
晩年を　七一
飛花落花　一八八
引き汐に　五五
筆談の　一一四
一と雨の　七五

ひとつづつ　一二〇
雛飾る　一二七
雛の日の　八七
火に浄め　一七六
火柱の　一七五
氷瀑の　五七
火より抜く　一六九
ひらきたる　一〇六
ひらく手の　一三七
拾ひたる　一四八
ひろびろと　七〇
船虫や　七〇
吹雪く日を　一七四
冬青空　一三九
冬の雷　二八
閉山の　五〇
凹みたる　六一
別亭の　八五
片雲の　九三
ほうたるの　二一
抱卵の　九八
ほぐれつつ　一六五
祠まで　四五
星涼し　一三二
星流れけり　四四

ま行

舞の座の　一一
前の日に　一〇四
馬柵に手を　七九
まだ粒の　六八
祭半纏　九六
廻し呑む　四八
水草生ふ　一一六
みくまのに　一五六
巫女の立つ　九四
岬まで　六〇
短夜の　一三〇
みづぎはの　一六一
水の辺に　一〇五
水渡り　七八
水割つて　一五四
水漬きたる　八六
見つめたる　一二五
水底の　五一
みな一人　二五
身に入むや　一二一
みほとけの　一二二
無位無冠　一七〇
娘の名　一二二
芽起こしの
—雨てのひらに　八九
—雨校門に　一二六
目つむりて　一七一
もう開かぬ　一三三
餅の黴　八四
桃咲いて　六四

や行

夜学子に　七六
山三つ　三六
病む父の　一二三
ゆふぐれは　一八五
雪明り　七
雪解靄　四九
雪五尺　三四
ゆきずりの　一〇八
雪の夜の　一二三
逝く父の　一三一
ゆらぎては　一二八
ゆらゆらと　一四〇
吉野川　二九
夜の網戸　四一
呼ばれたる　七一
夜のぶらんこ　一四七
四百年　一八六

ら行

流灯の
—ぐんぐん沖に　一〇〇
—一気に闇に　一〇一
猟終へて　四七
猟犬の　二九
霊峰や　七三
連山も　六八
老父母の　一二五
楼門に　一五
六根清浄　五九

わ行

わが影を　七三
僅かなる　一七四
早稲の香や　七四
わらわらと　三六
吾亦紅　一三七

季題索引

あ 行

青鷺【あおさぎ】（夏）
抱卵の青鷺すつと身を沈め　九八
青鳩【あおばと】（夏）
青鳩が来る雲の中波の上　一四
青鳩の飛びかふ岩を波が呑む　一五
青葡萄【あおぶどう】（夏）
まだ粒のふれあはずして青葡萄　六八
青麦【あおむぎ】（春）
岬まで道一筋や麦青む　六〇
秋収め【あきおさめ】（秋）
田仕舞や味噌たつぷりの握り飯　七五
秋惜む【あきおしむ】（秋）
ここもまた師の立ちし場所秋惜しむ　一〇五
秋草【あきくさ】（秋）
老いて母傾き歩く秋の草　一二〇
秋の水【あきのみず】（秋）
秋水のひかりの届く画室かな　一五九
秋日傘【あきひがさ】（秋）
秋日傘骨の音してひらきけり　一三六
秋彼岸【あきひがん】（秋）
泥つけて後の彼岸の蛙かな　二七
水の辺に吹かれて後の彼岸かな　一〇五
蘆の角【あしのつの】（春）
あしかびをふるはせて雨来たりけり　一八二
暖か【あたたか】（春）
あたたかや縁の下より梯子出し　一五
あたたかや土管の上を子が歩き　九二
甘茶【あまちゃ】（春）
甘茶仏ちひさき臍の濡れやまず　一四九
網戸【あみど】（夏）
夜の網戸二つ光るはけものの眼　四一
息白し【いきしろし】（冬）
祈りけりわが白息につつまれて　八
稲【いね】（秋）
青立ちの稲穂に山雨しぶきけり　四二
亥の子【いのこ】（冬）
たつぷりと畳に日ざし亥の子餅　七九
色無き風【いろなきかぜ】（秋）
抱き帰る遺影色なき風の中　一三四

鶯【うぐいす】（春）
うぐひすや草の中より水湧いて　一三
鶉【うずら】（秋）
街道や布かけてある鶉籠　一五八
薄氷【うすらい】（春）
水漬きたる舟の中まで薄氷　八六
空蟬【うつせみ】（夏）
蟬の殻拾へば指に風の音　一二四
空蟬のほとりに水の湧いてをり　六九
梅【うめ】（春）
梅ひらく一日一日を父と母　一二六
絵踏【えぶみ】（春）
凹みたる基督の顔さらに踏む　六一
桜桃の実【おうとうのみ】（夏）
弟はいつも弟さくらんぼ　六七
さくらんぼ母が笑へば父笑ひ　一一七
大晦日【おおみそか】（冬）
大年のただ波音を聴いてをり　一六六
お玉杓子【おたまじゃくし】（春）
すくひたる指にはりつく蝌蚪一つ　九〇
足生えてきて夕日さす蝌蚪の国　九一
朧【おぼろ】（春）
香水を撒く内陣の朧かな　一七七
お水取【おみずとり】（春）
三界の闇に炎やお水取　一七八
一切を火に照らされてお水取　一七八

か行

書初【かきぞめ】（新年）
九十の母のま向かふ初硯　一四三
掛香【かけこう】（夏）
掛香や水音近く通さるる　一三
風邪【かぜ】（冬）
風邪ひくなよと病む父にいたはられ　五七
風光る【かぜひかる】（春）
風光る土偶の乳房蕾めき　六二
風光る馬場に大きな水たまり　八六
数へ日【かぞえび】（冬）
数へ日の街の鸚鵡に呼ばれけり　一六四
蟹【かに】（夏）
沢蟹にいちまいの葉の流れ来る　一九
髪洗ふ【かみあらう】（夏）
旅に死せる古人こころに髪洗ふ　一三

神の旅【かみのたび】(冬)
橋脚にゆらめく影や神の旅　一〇六
鴨【かも】(冬)
先頭は光にまぎれ鴨の陣　八〇
枳殻の実【からたちのみ】(秋)
からたちの実のまろまろと棘の中　一〇二
狩【かり】(冬)
猟犬のざぶざぶ川を渡り来る　二九
勢子の声風にのりくる国境　四六
猟終へて禁制の酒ぶら下げ来　四七
枯木【かれき】(冬)
海見えて誰か来さうな枯木道　一六二
枯菊【かれぎく】(冬)
花粉なほこぼるる菊を焚きにけり　八
枯蔓【かれづる】(冬)
枯蔓や巻きつきしもの既に無く　一七二
枯野【かれの】(冬)
旅立たむ枯野の吾と逢ふために　五六
枯蓮【かれはす】(冬)
枯蓮に空ばかりなる明るさよ　一七三
僅かなる水に夕日や蓮の骨　一七四
蛙【かわず】(春)
蛙合戦見むと一歩を踏み外す　九一
寒明【かんあけ】(春)
荒行の声の嗄れざま寒明くる　五八
寒稽古【かんげいこ】(冬)
一湾に立つ白波や寒稽古　五五
元日節会【がんじつのせちえ】(新年)
國栖奏やひかげのかづらあをあをと　一〇
國栖奏の鈴の音響く雪解谷　一〇
國栖奏やとろりと注がれ一夜酒　一二
寒施行【かんせぎょう】(冬)
谷に吊る鹿の頭や寒施行　三〇
寒の入【かんのいり】(冬)
引き汐に貝のひかりや寒の入　五五
寒の内【かんのうち】(冬)
餅の黴束子で落とす寒九かな　八四
菊【きく】(秋)
大輪にして白菊のゆるぎなく　七七
白菊の花のほつれも玲瓏と　七七
菊根分【きくねわけ】(春)
菊根分しばらく風に目を細め　九二

菊枕【きくまくら】（秋）
ひとつづつ詰めて香るや菊枕　一二〇
狐火【きつねび】（冬）
狐火の映りし鏡持ち歩く　七
茸【きのこ】（秋）
霊峰や木の根づたひに菌生え　七三
木五倍子の花【きぶしのはな】（春）
すれちがふ巫女に鈴音花きぶし　一三
凶作【きょうさく】（秋）
凶年の雨の中なる鳥居かな　四三
霧【きり】（秋）
霧下りてくる叡山のけもののみち　二六
桐一葉【きりひとは】（秋）
前の日に笑つて別れ桐一葉　一〇四
金魚【きんぎょ】（夏）
金魚田と云ふはさざめきやまぬ水　九八
出目金の眼が出目金を押し分けて　九九
屑金魚集まりやすく散りやすく　九九
草青む【くさあおむ】（春）
源流へ源流へ草青みたり　一六
大風にふつと乗りたし草青む　一八三
草蜉蝣【くさかげろう】（夏）
草蜉蝣苔の雫に生まれけり　一五一
草刈【くさかり】（夏）
草を刈る昨日刈りたるところより　一五三
草の花【くさのはな】（秋）
晩年の仕事大切草の花　一〇三
大病のあとの長生き草の花　一六〇
草の芽【くさのめ】（春）
わらわらと鬼ぜんまいの芽吹きかな　三六
葛【くず】（秋）
鳥影を鳥影が追ひ葛あらし　一五七
葛晒【くずさらし】（冬）
葛晒はじめの桶を抱へきし　九
大宇陀の風荒びけり葛晒　九
熊【くま】（冬）
刃先より受け取る熊の肝一片　三〇
廻し呑むコップの生き血熊腑分　四八
熊汁の骨をごろりと吐き出しぬ　四八
熊突【くまつき】（冬）
熊捕りし夜は熊荒れの山が鳴る　四七
蜘蛛【くも】（夏）
巣を揺する腹太々と女郎蜘蛛　四〇

雲の峰【くものみね】（夏）
晩年を遊べ遊べと雲の峰　七一
啓蟄【けいちつ】（春）
啓蟄の蟇ゆつくりと脚伸ばす　九〇
解夏【げげ】（秋）
解夏の雨早瀬に立てば波白く　二五
夏至【げし】（夏）
糊つよきシャツに手とほす夏至の朝　一五三
氷【こおり】（冬）
葉の形して葉を落つる氷かな　五六
小正月【こしょうがつ】（新年）
小正月縁の下まで日のさして　一四四
去年【こぞ】（新年）
火より抜く棒に焰や去年今年　一六九
今年【ことし】（新年）
父逝きて吾に母ある今年かな　一四三
木の芽【このめ】（春）
芽起こしの雨てのひらに師よ癒えよ　八九
いちにちを雨ふる木の芽明りかな　一一六
芽起こしの雨校門に母と子と　一二六
辛夷の芽水辺に鳥の声満ちて　一八三
小春【こはる】（冬）
馬柵に手を置けば馬来る小春かな　七九
ひらく手の中なにもなき小春かな　一三七
暦売【こよみうり】（冬）
先代もここに坐りし暦売　一〇九

さ行

冴返る【さえかえる】（春）
水底のかくも明るく冴返る　五一
囀【さえずり】（春）
空に向く蛇口が一つ囀れる　一四八
桜【さくら】（春）
教室の机の光るさくらかな　六四
光陰のなだれ落ちたるさくらかな　一八八
桜餅【さくらもち】（春）
土曜日の娘が家に桜餅　一四九
笹鳴【ささなき】（冬）
揃へたる靴に日当たる笹子かな　一一五
山茶花【さざんか】（冬）
白山茶花あふれ咲きあふれ散り　一三八
五月闇【さつきやみ】（夏）
ぎいぎいと竹鳴つてゐる五月闇　九四

サマーハウス【さまーはうす】（夏）
呼ばれたるそこが入口海の家　七一
三ガ日【さんがにち】（新年）
三が日あたたかに暮れ父と母　一三三
山椒魚【さんしょううお】（夏）
倒木に尽きたる径や山椒魚　四二
子規忌【しきき】（秋）
手をついて縁側熱し獺祭忌　一五九
滴り【したたり】（夏）
みほとけの一灯に山滴りぬ　三三
下萌【したもえ】（春）
下萌に影落とし聞く弔辞かな　八七
枝垂桜【しだれざくら】（春）
あめつちの翳りてしだれざくらかな　一六六
霜【しも】（冬）
葉のかたち白くふちどり霜の花　一一〇
十二月【じゅうにがつ】（冬）
相席の人に雨の香十二月　一〇七
修二会【しゅにえ】（春）
お松明けものの如く走り出す　一七七
大いなる火影となりぬ修二会僧　一七九
修二会僧闇踏み破り走りけり　一七九
声明の闇満たしゆく修二会かな　一八〇
一切の火が闇となり修二会果つ　一八一
修二会見しわが身に消えぬ火の匂ひ　一八一
春暁【しゅんぎょう】（春）
春暁や満行の鉦山に満ち　五九
春愁【しゅんしゅう】（春）
春愁の手を洗ひまた手を洗ふ　一四七
正月【しょうがつ】（新年）
一椀の手に澄みわたるお正月　一三三
障子【しょうじ】（冬）
亡き父に少し開けおく白障子　一四〇
小満【しょうまん】（夏）
小満や水底に稚魚ひかりあひ　一八
除夜詣【じょやもうで】（冬）
見つめたる火に照らされて除夜詣　一三五
代田【しろた】（夏）
山上の雲の厚さや田水張る　三七
震災記念日【しんさいきねんび】（秋）
この町に橋の記憶や震災忌　一〇三
睡蓮【すいれん】（夏）
水割つて睡蓮の花開きけり　一五四

涼し【すずし】（夏）
涼しさや欄間に雲と仙人と　九五
言葉忘れ飲食忘れ父涼し　一二九
朝涼やわがために開く最期の眼　一三一
施餓鬼【せがき】（秋）
砂を這ふ蔓の浮きたる浜施餓鬼　一〇〇
蟬【せみ】（夏）
逝く父のわが手離さず朝の蟬　一三一
蟬生る【せみうまる】（夏）
一切経蔵累々と蟬の穴　一五六
線香花火【せんこうはなび】（夏）
手花火の煙の中をとほりけり　一一八
蒼朮を焚く【そうじゅつをたく】（夏）
蒼朮のけむり洩れくる縁に座し　四一
早梅【そうばい】（冬）
別亭の板戸十枚梅早し　八五
鎌倉に尼寺ふたつ冬の梅　一四四
卒業【そつぎょう】（春）
卒業の近づく日直日誌かな　八九

た行

田植時【たうえどき】（夏）
羽の国のざんざん降りや田植寒　三八
鷹【たか】（冬）
吉野川鷹現れて影迅し　二九
大鷹の爪の押さへしもの動く　四六
田草取【たくさとり】（夏）
抜きすすむ泥の重さや田草取　三九
筍【たけのこ】（夏）
木地師来て月山筍の泥落とす　三八
筍のすとんと乗りし鍬の上　六六
凧【たこ】（春）
懸り凧きらりきらりと尾の吹かれ　八五
立版古【たてばんこ】（夏）
旅人は後ろ姿や立版古　九五
楤の芽【たらのめ】（春）
山三つ分の楤の芽並べ売る　三六
探梅【たんばい】（冬）
鎌倉の海に日のあり梅探る　八四
茶摘【ちゃつみ】（春）
神馬舎に風抜けてゆく茶摘みどき　一八

月【つき】（秋）
みな一人かうかうと月さしわたる　一二五
今生の師とも父とも月仰ぐ　一〇四
はらわたに染み入る月の光かな　一三六
椿【つばき】（春）
奥宮に落ちひろがりし白椿　一六
おもて裏おもて横ざま落椿　六二
茅花流し【つばなながし】（夏）
巫女の立つ廻廊つばな流しかな　九四
燕帰る【つばめかえる】（秋）
山頂に鎌置いてあり秋つばめ　四三
梅雨【つゆ】（夏）
梅雨深し一つ色して亀と鯉　一九
露【つゆ】（秋）
奥の奥までくさむらに露光り　一一八
ちさき露鏤めて葉の反りにけり　一一九
釣忍【つりしのぶ】（夏）
家の中見ゆる暮らしや吊忍　一一七
釣瓶落し【つるべおとし】（秋）
足もとに波来る釣瓶落しかな　一六〇
定家葛の花【ていかかずらのはな】（夏）
手にうけて定家葛の花しづく　一一四
冬至【とうじ】（冬）
一陽来復大釜に飯炊き上がる　一〇八
あをあをとやどり木高き冬至かな　一〇九
踏青【とうせい】（春）
青き踏む川に沿ひまた雲に沿ひ　一八五
燈籠流【とうろうながし】（秋）
流灯のぐんぐん沖に引かれ出す　一〇〇
消えたるも連れ立ちてゆく流灯会　一〇一
流灯の一気に闇に呑まれけり　一〇一
年の内【としのうち】（冬）
ほぐれつつ雲流れゆく年の内　一六五
年の暮【としのくれ】（冬）
歳晩やどれも日当たる河原石　一六五
年守る【としまもる】（冬）
ゆらゆらと種火に芯や年守る　一四〇
鳥威し【とりおどし】（秋）
威し銃金剛山を雲埋め　一五七

な行

夏越【なごし】（夏）
雨脚の太きがしぶく茅の輪かな　一二〇
はるかよりはるかへ風や夏祓　一二〇

形代を撒きたる舟に波しづか　二
雪崩【なだれ】（春）
裏山の小屋ひと呑みに底雪崩　五〇
夏草【なつくさ】（夏）
夏草の手を切るやうな青さかな　六七
夏座敷【なつざしき】（夏）
夏座敷遺影のいつもこちら向く　四〇
夏の空【なつのそら】（夏）
この世の父消えてあまねき夏の空　一三三
夏の蝶【なつのちょう】（夏）
階段の裏しづかなり揚羽過ぎ　一二八
夏の露【なつのつゆ】（夏）
苔に手を置けばしづみて露涼し　一五一
夏の星【なつのほし】（夏）
寝ころべば草の匂ひや星涼し　七二
星涼し二夕夜を死者に添寝して　一三二
夏蒲団【なつぶとん】（夏）
抱き起こす父は夏掛ほどの嵩　一三〇
夏めく【なつめく】（夏）
片雲の遠く光りて夏きざす　九三
夏蓬【なつよもぎ】（夏）
ひろびろと河口のひかり夏蓬　七〇
名の草枯る【なのくさかる】（冬）
枯薊触るればほろと棘こぼれ　一七二
菜の花【なのはな】（春）
菜の花や日暮れは母の匂ひして　八六
海鼠【なまこ】（冬）
裏返す海鼠に小さき目と口と　一六三
鳰の子【におのこ】（夏）
母によぢのぼり鳰の子鳴きやみぬ　一五〇
日記買ふ【にっきかう】（冬）
ゆきずりの書店明るし日記買ふ　一〇八
年始【ねんし】（新年）
除雪車を降りて来たりし御慶かな　一三三
残る虫【のこるむし】（秋）
みづぎはのなほあかるくて残る虫　一六一
後の月【のちのつき】（秋）
母あればこそのふるさと十三夜　一六一
幟立て【のぼりたて】（夏）
神樹より高く幟を立てにけり　九六
大空を軋ませ幟立ち上がる　九七
野焼【のやき】（春）
大鎌を土に突き立て野焼守　六〇

野分【のわき】（秋）
開け放つ根本中堂野分晴　二六
女人堂野分の水をつかひけり　一五八

は行

箱庭【はこにわ】（夏）
箱庭の灯の一つなく暮れにけり　一五二
稲架【はざ】（秋）
一と雨の通りし稲架の匂ひかな　七五
葉桜【はざくら】（夏）
父と居る時間みじかし花は葉に　一二八
蜂【はち】（春）
巣が近うして蜜蜂の入り乱れ　六六
八月【はちがつ】（秋）
八月や祈りの色にゴッホの黄　一三五
初鴨【はつがも】（秋）
汐満ちて来る初鴨のひろがりに　七八
初暦【はつごよみ】（新年）
書き入れて月日にぎやか初暦　八三
初空【はつぞら】（新年）
初空の明けゆく茜尽しけり　一六九
花【はな】（春）
かく急ぎたまひし今年の花も見ず　一四六
四百年枝垂れてけふの花盛り　一八六
花衣【はなごろも】（春）
ゆふぐれは水のさざめく花ごろも　一八五
花菖蒲【はなしょうぶ】（夏）
花びらのうねりゆたかに白菖蒲　一五〇
花野【はなの】（秋）
わが影をしづめて花野ひろがりぬ　七三
花見【はなみ】（春）
花人の水に映りてとどまらず　一八七
腹当【はらあて】（夏）
腹巻に名を縫ひつけて入院す　一三九
針供養【はりくよう】（春）
さらさらと瓶より出して針納　一八四
春一番【はるいちばん】（春）
ここ十年スカートはかず春一番　六三
春炬燵【はるごたつ】（春）
さつきまで父居たはずの春炬燵　一四五
春時雨【はるしぐれ】（春）
翁舞果てたる山を春時雨　一一

春ショール【はるしょーる】（春）
さざなみのごとくまとひて春ショール　一八四
春近し【はるちかし】（冬）
春隣小舟の揺れに身をまかせ　八〇
閉まらざる木戸そのままに春隣　一二五
春の霜【はるのしも】（春）
六根清浄満行開扉春の霜　五九
春の闇【はるのやみ】（春）
南無観南無観南無観南無観春の闇　一八〇
春祭【はるまつり】（春）
神饌の蛙が逃げて春祭　三
晩夏【ばんか】（夏）
晩夏光流木のまだ濡れてゐる　一五五
日傘【ひがさ】（夏）
どこにでも行けるさびしさ白日傘　六九
彼岸【ひがん】（春）
鳥籠の中の明るき彼岸かな　一七
飛石に日の当たりたる彼岸かな　一八二
火恋し【ひこいし】（秋）
空へ空へ風が散らす葉火恋し　四四
日盛【ひざかり】（夏）
もう開かぬ柩の蓋や日の盛　一三
雛納【ひなおさめ】（春）
今生のわが指をもて雛納　八八
日永【ひなが】（春）
永き日のあはうみに櫓を入れにけり　一七
日向ぼこ【ひなたぼこ】（冬）
娘の名忘れし父と日向ぼこ　一三
亡き父の隣に座り日向ぼこ　一六四
雛祭【ひなまつり】（春）
鳴るとなく瓔珞揺れて古ひひな　一四
三百年ひひな箪笥に秘めし恋　一四
雛の日の干潟に太き潮の道　八七
雛飾る手元に日暮れ来てをりぬ　一二七
さまよへる父と帰らむ雛の家　一二七
手離すと決めたる雛を飾りけり　一四五
冷やか【ひややか】（秋）
みくまのに入る秋冷の瑠璃とかげ　一五六
風鈴【ふうりん】（夏）
音こぼしつつ風鈴の向きかはる　一五三
風露草【ふうろそう】（夏）
手をかけてのぼる巌や風露草　七二
福寿草【ふくじゅそう】（新年）
花びらのかくまで開き福寿草　八三

袋掛【ふくろかけ】（夏）
連山も峡も暮れゆく袋掛　六八
蒲団【ふとん】（冬）
願ふこと少なくなりし蒲団かな　一二四
船虫【ふなむし】（夏）
船虫や乱反射して波が来る　七〇
吹雪【ふぶき】（冬）
吹雪く日を鳶鳴きとべる賤ヶ岳　一七四
冬【ふゆ】（冬）
ゆらぎては尖る種火や堂の冬　二八
冬暖か【ふゆあたたか】（冬）
会へばまた励まされ冬あたたかし　一三八
冬枯【ふゆがれ】（冬）
枯れ切つて一山に日のゆきわたり　一七〇
これよりは枯れ放題といふ快楽　一七三
冬木【ふゆき】（冬）
明日は切る冬木大きく枝を張り　一七一
冬菊【ふゆぎく】（冬）
しなだるるままに色あり霜の菊　一三九
冬滝【ふゆだき】（冬）
氷瀑のくらりと蒼き日を返す　五七
冬隣【ふゆどなり】（秋）
水渡り来し一蝶や冬隣　七八
冬の朝【ふゆのあさ】（冬）
寒暁や荒行堂に水の音　五八
冬の空【ふゆのそら】（冬）
冬青空父を思へば声となり　一三九
冬の月【ふゆのつき】（冬）
消ゆるとき香となる炎冬の月　一六六
冬の日【ふゆのひ】（冬）
艫綱に潮の匂ひや冬日向　一六三
目つむりて坐ればこんなにも冬日　一七一
冬の星【ふゆのほし】（冬）
凍星や牛小屋に満ち牛の息　四九
冬の虫【ふゆのむし】（冬）
片脚の馬追にして枯れはじむ　一六二
冬の山【ふゆのやま】（冬）
無位無冠枯山に実のあかあかと　一七〇
冬の雷【ふゆのらい】（冬）
冬の雷とどろく阿弥陀如来かな　二八
冬深し【ふゆふかし】（冬）
筆談の一語一語や冬深し　一一四

冬館【ふゆやかた】（冬）
ひらきたる詩集に花粉冬館　一〇六
冬夕焼【ふゆゆうやけ】（冬）
母の杖父の吸ひ飲み冬夕焼　一〇七
冬蕨【ふゆわらび】（冬）
食細くなる父ふゆのはなわらび　一一四
ぶらんこ【ぶらんこ】（春）
夜のぶらんこ揺らして帰るだけのこと　一四七
古日記【ふるにっき】（冬）
老父母のことばかりなる日記果つ　一二五
べつたら市【べったらいち】（秋）
手を洗ふべつたら市の馬穴かな　七六
蛇【へび】（夏）
草を擦り蛇の全長なほ尽きず　三九
蛍【ほたる】（夏）
ほうたるの水に落ちたる光かな　二一
牡丹の芽【ぼたんのめ】（春）
楼門に雨来たりけり牡丹の芽　一五

ま　行

祭【まつり】（夏）
祭半纏しかと引綱腰に巻き　九六
ぬかるみを踏み荒らしたる祭かな　九七
曼珠沙華【まんじゅしゃげ】（秋）
忽と出てわつと広がり曼珠沙華　一三五
水草生ふ【みくさおう】（春）
水草生ふ父の記憶の中の吾　一一六
鑑真も歩きし道か水草生ふ　一七六
短夜【みじかよ】（夏）
短夜のいつしか朝に看取りの灯　一三〇
なきがらの目尻の涙明易し　一三三
身に入む【みにしむ】（秋）
身に入むや手を引く人も年老いて　一二一
零余子【むかご】（秋）
手をこぼれ土に弾みて零余子かな　一〇二
麦の秋【むぎのあき】（夏）
麦秋や人なき方へ川流れ　九三
霧氷【むひょう】（冬）
あけぼのの川けぶり立つ霧氷かな　四五
木蓮【もくれん】（春）
拾ひたるはくれん古書のにほひして　一四八
桃の花【もものはな】（春）
桃咲いてあつといふ間にお婆さん　六四

や行

夜学【やがく】（秋）
夜学子に長き廊下のよく響き　七六
柳鮠【やなぎはえ】（春）
つぎつぎに並びて迅し柳鮠　六三
雪【ゆき】（冬）
雪明りしてみほとけの素手素足　七
新雪のずずと沈みてとまりたる　三三
雪五尺こけし挽く灯をともしけり　三四
えぐ来たな何もねえども雪ばしだ　三五
木挽小屋狐が覗く雪月夜　三五
挽歌みな生者のために海へ雪　一一〇
病む父の脚をさすれば雪の声　一三三
雪の夜の尿瓶にいのち響きけり　一三三
手の中の尿瓶のぬくみ雪の夜　一二四
雪搔【ゆきかき】（冬）
祠まで雪搔いてありまたぎ村　四五
雪時雨【ゆきしぐれ】（冬）
旅の荷をさらに小さく雪時雨　二七
雪しまき【ゆきしまき】（冬）
笹峠山伏峠雪しまく　三四
雪解【ゆきどけ】（春）
舞の座の一人は若し雪解谷　二
雪解靄立つ山神に詣でけり　四九
閉山の三戸の村や雪解靄　五〇
百合【ゆり】（夏）
ことごとく百合開きたる喪明けかな　一三四
余花【よか】（夏）
廃坑に余花一と枝の濃かりけり　三七
余寒【よかん】（春）
スプーンに灯の映りたる余寒かな　六一
夜長【よなが】（秋）
長き夜の認知症とは白き闇　一二一
夜の秋【よるのあき】（夏）
宿坊の小さき鏡台夜の秋　三三

ら行

落花【らっか】（春）
集ひ来るみな花びらを靴につけ　六五
急流を浮き上がりたる花筏　六五
漣の押しひろげゆく落花かな　一四六
花吹雪吹き戻されてきたりけり　一八七
飛花落花地に落ちてなほしづまらず　一八八

落花生【らっかせい】（秋）
積み上げて土の匂へる落花生　七四
立冬【りっとう】（冬）
父の爪切ればほろほろ今朝の冬　一三
流星【りゅうせい】（秋）
星流れけり羚羊の立つ岩場　四四
猟期終る【りょうきおわる】（春）
ぞつくりと山膚見えて猟名残　五一
良夜【りょうや】（秋）
ちちははの寝息聞きゐる良夜かな　一九

わ　行

若狭のお水送り【わかさのおみずおくり】（春）
火柱の浄むる闇や送水会　一七五
瀬の岩に火の逆巻ける水送り　一七五
火に浄め若狭の水を送りけり　一七六
早稲【わせ】（秋）
早稲の香や大地のほてりさめやらず　七四
吾亦紅【われもこう】（秋）
吾亦紅一人娘として老いて　一三七

令和俳句叢書

句集　雪日　せつじつ

二〇二四年一〇月二二日第一刷
定価＝本体二八〇〇円＋税

●著者——蘭草慶子
●発行者——山岡喜美子
●発行所——ふらんす堂
〒一八二—〇〇〇二東京都調布市仙川町一—一五—三八—二F
TEL　〇三・三三二六・九〇六一　FAX　〇三・三三二六・六九一九
ホームページ　https://furansudo.com/　E-mail　info@furansudo.com
●装幀——和　兎
●印刷——日本ハイコム株式会社
●製本——株式会社松岳社

ISBN978-4-7814-1698-4 C0092　¥2800E